D1443644

Otros libros de Lars, el osito polar,
escritos e ilustrados por Hans de Beer

EL OSITO POLAR

·

AL MAR, AL MAR, OSITO POLAR

·

EL OSITO POLAR Y SU NUEVA AMIGA

·

EL OSITO POLAR Y EL CONEJITO VALIENTE

Copyright © 1996 by Nord-Süd Verlag AG, Gossau Zürich, Switzerland.
First published in Switzerland under the title *Kleine Eisbär, kennst du den Weg?*
Spanish translation copyright © 2001 by North-South Books Inc.

All rights reserved.
No part of this book may be reproduced or utilized in any form
or by any means, electronic or mechanical, including photocopying,
recording, or any information storage and retrieval system,
without permission in writing from the publisher.

First Spanish edition published in the United States and Canada in 2001
by Ediciones Norte-Sur, an imprint of Nord-Süd Verlag AG, Gossau Zürich, Switzerland.
Spanish version supervised by Sur Editorial Group, Inc.

Library of Congress Cataloging-in-Publication Data is available.
A CIP catalogue record for this book is available from The British Library.
ISBN 0-7358-1499-6 (TRADE BINDING)
1 3 5 7 9 TB 10 8 6 4 2
ISBN 0-7358-1500-3 (PAPERBACK)
1 3 5 7 9 PB 10 8 6 4 2
Printed in Belgium

Para obtener más información sobre nuestros libros,
y los autores e ilustradores que los crean, visite
nuestra página en www.northsouth.com

¡Llévame a casa, osito polar!

Escrito e ilustrado por

Hans de Beer

Traducido por Gerardo Gambolini

Ediciones Norte-Sur

New York / London

Lars, el osito polar, vivía en el Polo Norte, rodeado de hielo y nieve. Un día, Lars estaba sentado mirando el mar.

—Estoy aburrido —dijo con un gruñido mientras su estómago también gruñía—. Tengo hambre.

Lars decidió ir a explorar el vertedero de basura. Sabía que detrás de la estación de investigación encontraría algo bueno que comer; además, ver las gaviotas que revoloteaban sobre la basura era más entretenido que mirar el eterno ir y venir de las olas.

Lars encontró dos patas de pollo y algunos restos que parecían sabrosos y los llevó a la terminal del ferrocarril, donde podía comer tranquilo. Allí sirvió su pequeño banquete y comenzó a comer. Pero cuando fue a agarrar el pollo, ¡no estaba! ¿Adónde se había ido?

Lars miró adentro del tren. Un extraño animal rayado le devolvió la mirada y un trozo de pollo se le cayó de la boca. Lars lo miró asombrado.

El animal con rayas se puso a llorar.

—¿Quién eres? —le preguntó Lars.

—Me llamo Sasha y… y… tengo mucha hambre.

—Hola. Yo soy Lars —le dijo el osito polar—. Come algo más y dime qué haces aquí.

—Mi padre me ha hablado muchas veces del mar —empezó a explicar Sasha con la boca llena—. Me dijo que estaba donde termina la vía del ferrocarril y que no hay nada más bello en todo el mundo.

—¿Te dijo eso? —preguntó Lars, bastante sorprendido.

—Sí, y yo siempre quise ver el mar. Pensé que este tren podía llevarme hasta el mar. Así que me subí y viajé durante mucho, mucho tiempo. Pero no pude llegar, y ahora estoy perdido y asustado y cansado. ¡Y quiero volver a casa!

Sasha empezó a llorar de nuevo.

—No tengas miedo, Sasha —le dijo Lars—. Yo estuve varias veces lejos de mi casa, y también estuve algo perdido. Pero siempre alguien me ayudó a volver, y ahora yo te ayudaré a ti. ¿Por qué no duermes un poco? Yo me quedaré vigilando.

Pero ni bien Sasha se durmió, Lars también se quedó dormido.

De repente, la puerta del vagón se abrió con un fuerte ruido. Lars y Sasha se despertaron de un salto. Se escondieron detrás de una pila de cajones mientras unos hombres cargaban más cajones. Lars y Sasha no se animaron a salir hasta que el tren comenzó a moverse.

—Tal vez tengamos suerte —dijo el osito polar, sonando más valiente de lo que se sentía—. Quizás ya estemos de regreso a tu casa.

Treparon a los cajones y miraron a su alrededor.

—¿Dónde estamos? —preguntó Sasha ansiosamente.

—Estamos... hmm, hmm... no lo sé —confesó Lars.

Ninguno de los dos dijo más nada durante un largo rato.

Poco a poco, el paisaje fue cambiando.

—¡Mira, Lars! —exclamó el tigrecito—. ¡Árboles! ¡Creo que llegamos! ¡Rápido, bajemos!

—Tendremos que saltar —dijo Lars. Esperó a que el tren anduviera más despacio y salió descolgándose por la ventana.

—¿No podemos esperar hasta que el tren se detenga? —dijo Sasha dudando un poco.

—¡Vamos, Sasha! —gritó Lars—. ¡Anímate! ¡Tú puedes! Saltaron del tren y rodaron por la nieve blanda.

El tigrecito olfateó el aire y dijo:

—¡Sí, decididamente huele familiar!

—¿Por dónde vamos ahora? —preguntó Lars.

Sasha no sabía.

—No logro hallar el rastro —dijo.

Un enorme búho blanco descendió en picada y se paró delante de ellos.

—¿Qué están buscando? —preguntó.

—Sasha quiere volver a su casa —le explicó Lars.

—Oh, todavía les falta un largo camino —dijo ululando el búho, y antes de remontar el vuelo agregó:

—Sigan las vías del ferrocarril hasta el puente. Luego vayan hacia el bosque. Y después, sigan el sol. ¡Buena suerte!

—¡Qué búho tan amable! —dijo Lars.

—¡Qué búho tan grande! A mí me daba miedo —opinó Sasha—. ¿Crees que ahora encontraremos el camino?

—Por supuesto —dijo Lars.

Llegaron al puente, se internaron en el bosque y siguieron el sol, que apenas se veía entre los árboles. Al llegar a un arroyo se detuvieron. Sasha tenía miedo de cruzarlo.

—Yo te ayudaré —le dijo Lars—. Estoy acostumbrado al agua.

Al cabo de un rato comenzó a nevar, más y más fuerte cada vez. Pronto una ventisca les dio en la cara. Tuvieron que cerrar los ojos y avanzar a tientas por el camino. Sasha empezó a lloriquear.

—No te preocupes —dijo Lars—. Buscaremos refugio hasta que pase la tormenta.

A la mañana siguiente ya no nevaba más, y cuando el sol asomó entre las nubes, Lars y Sasha descubrieron que habían pasado la noche en los límites del bosque. Una enorme y desierta llanura se extendía delante de ellos.

—¿Por dónde habrá que seguir? —se preguntó Lars entre dientes, esperando que el tigrecito no escuchara.

—¿Están perdidos, caballeros? —les preguntó una voz amistosa.

Lars y Sasha se dieron la vuelta y vieron un extraño animal con dos jorobas.

—Hola, yo soy Kasim —dijo el animal—. ¿Quieren que los lleve hasta el otro lado de la llanura?

—¡Sí, por favor! —exclamó Lars, y ambos se subieron rápidamente al lomo de Kasim.

—Agárrense fuerte —dijo Kasim—. ¡Allí vamos, Tigrelandia!

Hacia el final de la larga travesía, Sasha empezó a sentirse cada vez más inquieto. Alzaba la nariz al viento y fruncía el hocico impacientemente. De pronto, bajó de un salto.

—¡Mi casa! —gritó, y se alejó corriendo.

Lars y Kasim soltaron una carcajada.

—Gracias, Kasim —le dijo Lars apurado—. Ven a visitarme al Polo Norte algún día.

Y corrió para alcanzar a Sasha.

Cuando llegaron al borde de un precipicio, Sasha avanzó sin problemas por un tronco que servía de puente.

Lars miró el agua que corría con fuerza entre las rocas al fondo del barranco.

—¿No hay otra forma de cruzar? —dijo Lars nerviosamente.

—Eso nos llevaría mucho tiempo —respondió Sasha por encima de su hombro—. ¡Anímate, Lars! ¡Tú puedes!

Cuando Lars cruzó el puente, Sasha ya le había sacado mucha ventaja, y a Lars le costaba seguirle el paso.

—¡Oye, osito! —le dijo un pájaro carpintero—. ¡Ten cuidado! Este lugar está lleno de tigres. No es seguro...

Lars escuchó un crujir de hojas. Se dio la vuelta y vio dos enormes tigres parados delante de él. Entonces vio a Sasha y suspiró aliviado.

—Mamá, Papá, éste es mi amigo Lars —dijo Sasha.

—Ho-hola —tartamudeó Lars. El corazón todavía le palpitaba con fuerza.

—No temas, osito polar —dijo Mamá Tigre—. No te haremos daño.

—Gracias por tu ayuda, Lars —dijo sonriendo Papá Tigre cuando escuchó las aventuras de Sasha y Lars—. Ahora yo te llevaré a tu casa. Sasha puede acompañarnos si quiere.

—¡Fantástico! Entonces podré mostrarles el mar. Conozco un lugar realmente hermoso donde podemos sentarnos a mirar las olas —dijo Lars.

El viaje de regreso fue mucho más rápido, porque Papá Tigre conocía el camino.

Cuando finalmente llegaron al Polo Norte, Lars les mostró con orgullo el mar.

—No hay nada más bello en todo el mundo —dijo Papá Tigre, mientras Sasha contemplaba asombrado el agua infinita.

—¡Ahí estás, por fin, Lars! —exclamó su padre.

Lars corrió a abrazarlo.

—Éste es mi amigo Sasha —le dijo.

Papá Tigre y Papá Oso Polar también se hicieron amigos, pero pronto llegó el momento de despedirse.

—¡Vuelve pronto! —dijo Lars.

—Lo haré, ahora que ya conozco el camino —le respondió Sasha.

Lars siguió a los tigres con la mirada hasta que desaparecieron en el horizonte.

Desde ese día, Lars nunca más se aburrió de mirar el mar.

—Realmente no hay nada más bello —se repetía a menudo.

8722